꿈꾸는 장어

남순 장편동화 · 임지연 그림

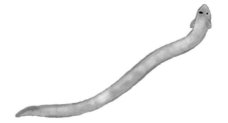

아동문예

꿈을 품고 살아간다면

동화의 소재가 물고기에 대한 것이 많은 것은 내가 바닷가 마을에서 자라서 그런 것 같습니다. 이 동화의 소재도 물고기입니다.

15년 전, 금빛머리가 내 마음에 들어와 장편동화가 시작되었습니다. 장편동화는 나무와 같아서 자라나는 데 시간이 꽤 걸립니다. 나는 일을 하며 틈틈이 동화와 눈을 맞추었습니다. 그럴 때마다 등장인물들은 무럭무럭 자라났습니다.

금빛머리는 어쩌면 내 모습 같기도 합니다. 아니, 우리들의 모습 같기도 합니다. 금빛머리가 살아가는 여정에 꿈이 없었다면 무척 힘들었을 것입니다.

우리들도 가슴에 꿈을 품고 살아간다면 삶이 틀림없이 즐거울 것입니다. 이 동화가 꿈을 찾아가는 독자들에게 길잡이가 되었으면 좋겠습니다.

2024년 하늘연달 해운대에서

남 순

남순 장편동화

꿈꾸는 장어

 — 차 례 —

푸른수염과 금빛머리

필리핀 민다나오 해역.

"꼬물~꼬물~."

햇살은 갓 태어난 장어유생들의 머리를 쓰다듬어 주었다.

셀 수 없을 만큼 무리를 지어 있었다. 마치 투명한 젤리 같기도 하고, 은색 실을 잘라 놓은 것 같기도 했다. 뼈가 훤히 보이고, 눈에 점을 콕 찍어놓은 것 같았다. 모두 같

은 것처럼 보이지만 자세히 보면 달랐다. 그들은 누가 가
르쳐 준 것도 아닌데 공처럼 뭉쳐있었다.

"얘들아, 쟤 좀 봐."

"어디, 어디?"

"쟤는 벌써 수염이 나 있어. 그것도 푸른색이야."

수염이 푸른색 실을 붙여 놓은 것 같았다.

"참, 신기하게 생겼다!"

모두 고개를 갸웃거렸다. 수군거리는 친구들도 있었
다.

"쟤는 우리와 달라."

"달라도 너무 달라."

"우리 쟤를 푸른수염이라고 부르자."

"그래, 그러자."

"푸른수염~."

'난, 장어유생이 아닌가?'

　　푸른수염은 자신이 장어유생이 아닐지도 모른다고 생

각했다. 턱을 들고 수염을 살폈다. 수염 끝이 정말 푸른색

이었다.

그때였다.

"엄마~."

늦게 눈을 뜬 장어유생이 엄마를 찾았다.

"방금까지 엄마 냄새가 난 것 같았는데?"

"정말?"

"그럼, 엄마를 찾아보자!"

장어유생들은 모두 흩어져 엄마를 찾아보았다.

"여기엔 없어!"

"저기도 없어!"

"으앙~."

늦게 눈을 뜬 장어유생이 그만 울고 말았다. 아무리 찾아도 엄마는 어디에도 없었다.

"얘들아, 늦게 눈을 뜬 쟤, 머리에서 빛이 나!"

"어디, 어디?"

장어유생들이 그 녀석 주위로 몰려들었다.

"진짜네?"

"참, 신기하다!"

장어유생들 중에 태어나자마자 머리에서 빛이 나는 녀석은 처음이었다.

"쟤도 우리와 달라."

"달라도 너무 달라."

모두 한목소리로 말했다.

"우리, 쟤를 금빛머리라고 부르자."

"그래, 그렇게 부르자."

"금빛머리~."

'난, 장어유생이 아닌가?'

금빛머리는 자신이 장어유생이 아닐지도 모른다고 생각했다. 푸른수염은 간신히 자신의 수염을 보았지만, 금빛머리는 자신의 머리를 볼 수 없어 안타까웠다.

"내 머리에서 진짜 빛이 나니?"

금빛머리가 푸른수염에게 물었다.

"응!"

"믿을 수가 없어."

금빛머리가 믿지 못하겠다는 표정을 지었다.

푸른수염은 금빛머리를 보여 주고 싶었다. 하지만 세상에서 자신의 머리를 볼 수 있는 물고기는 없었다.

"음!"

푸른수염은 한참동안 생각하다가 어떤 방법 하나를 떠올렸다.

"금빛머리 내가 하자는 대로 해 볼래?"

"어떻게?"

"내 눈을 똑바로 봐."

"왜?"

"너의 모습을 보여주려고."

"응?"

금빛머리는 생각하지 못한 일이었다.

"똑바로 보라니까?"

푸른수염이 다그쳤다.

"자꾸 움직여져."

"그래도 집중해 봐."

금빛머리는 푸른수염의 눈을 보려고 애를 썼다.

"보여?"

"흔들려."

"다시, 집중해."

푸른수염은 자신의 눈이 금빛머리에게 거울이 되었으면 했다.

"보여?"

"아, 이제 보여!"

금빛머리는 입을 다물지 못했다.

"내 말이 맞지?"

푸른수염이 확인하듯 말했다.

"그런데 왜 내 머리만?"

"너만 그런 게 아니라 내 수염도 그래."

금빛머리는 푸른수염이 그렇게 말을 해 주어도 자신의

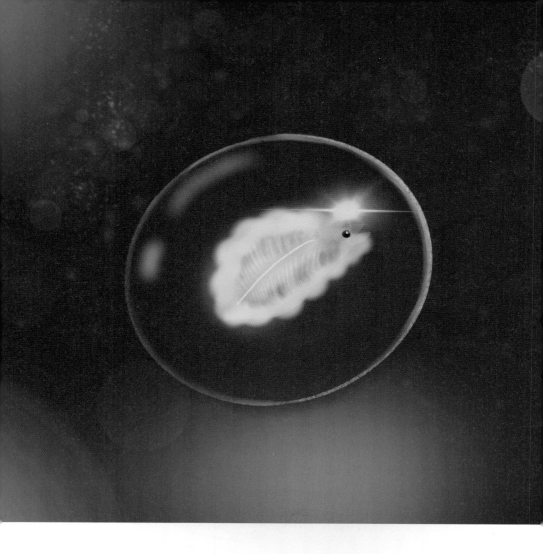

머리에만 신경이 쓰였다.

"너에겐 특별한 무엇이 있나 봐."

"그렇다면 너도 그래."

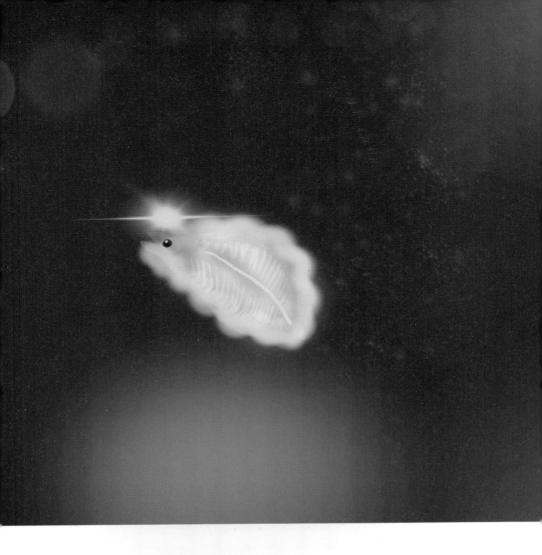

둘은 서로를 위로해 주었다.

'아무리 생각해도 이상한 일이야!'

금빛머리가 이런 생각을 하고 있을 때였다.

"너, 혹시 무슨 생각을 하고 있니?"

푸른수염이 금빛머리에게 물었다.

"어떻게 알아?"

"방금 네 머리가 반짝거렸어."

"정말?"

"넌, 생각할 때마다 머리가 반짝거리나 봐."

"어디, 어디?"

장어유생들이 또 몰려들었다.

"가까이 오지 마!"

금빛머리는 숨이 막힐 것 같았다.

"숨 막혀. 저리 가!"

금빛머리가 장어유생들을 밀어냈다.

"좋은 일이 생길 것 같은 예감이 들어."

푸른수염이 금빛머리에게 말했다.

"좋은 일?"

"그런데 나쁜 일이 생길 수도 있어."

"뭐라고?"

금빛머리가 화를 버럭 냈다.

"금방 좋은 일이 생길 거라 해놓고, 또 나쁜 일이 생길 거라고 하는 건 뭐니?"

"진정하고 내 말을 들어 봐."

"넌, 변덕쟁이니?"

"변덕쟁이라고 해도 좋으니까 내 말을 들어 봐."

"싫어."

"들어보라니까."

푸른수염이 소리를 지르자, 금빛머리가 수그러들었다.

"너는 생각할 때 머리가 반짝거리잖아? 그래서 남의 눈에 잘 띌 수 있어. 그렇게 되면 나쁜 일이 생길 수도 있다는 거야."

푸른수염은 금빛머리가 이해할 수 있도록 차근차근 말

했다.

"헉!"

금빛머리는 마음이 덜컹 내려앉았다.

"그러니까 항상 머리를 조심해."

"알았어."

금빛머리는 푸른수염의 말이 맞는 것 같았다.

엄마 냄새를 따라서

"금빛머리!"

한 장어유생이 다급하게 금빛머리를 불렀다.

"왜?"

"저쪽 끝에 있던 친구들이 사라졌어."

"뭐?"

"아까 그림자가 지나갔어."

"정말?"

"여기선 무서워서 못살겠어."

장어유생들이 벌벌 떨고 있었다. 엄마를 찾는 동안 공처럼 뭉쳐있던 무리가 잠시 흩어진 모양이었다. 아마 그때 친구들이 없어진 것 같았다.

"금빛머리, 좋은 방법이 없을까?"

"쉽게 떠오르지 않아!"

"그래도 생각을 좀 해 봐."

푸른수염이 말했다.

"생각을 좀 해 봐!"

장어유생들이 푸른수염의 말을 따라했다.

"생각?"

"너는 생각이 반짝거리잖아."

"맞아, 맞아."

장어유생들이 맞장구를 쳤다.

"그래서?"

금빛머리는 퉁명스럽게 말했다.

"그러니까 네가 우리를 좀 도와줘."

장어유생들이 금빛머리에게 사정을 했다.

"난 못해."

금빛머리가 까칠하게 말했다.

"그러지 말고."

목소리가 부드러운 장어유생이 부탁했다.

"못한다니까?"

"넌, 금빛머리잖아."

"금빛머리가 뭐?"

장어유생들이 더 이상 말을 붙일 수가 없었다.

"반짝거리는 넌 분명 우리를 이끌 수 있을 거야."

푸른수염이 나섰다.

"가장 늦게 태어난 내가 무슨 힘이 있겠어?"

"그래도 생각할 땐 빛이 나잖아."

"맞아, 맞아."

"몰라?"

"넌, 분명히 좋은 생각을 해낼 수 있을 거야."

푸른수염이 금빛머리를 설득했다.

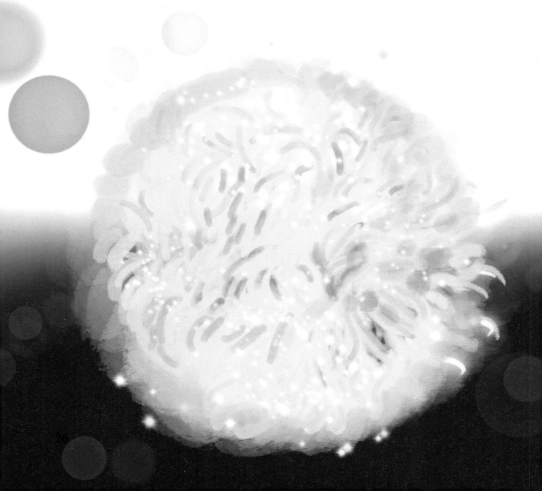

"너까지 왜 이래?"

"그러지 말고 생각을 좀 해 봐!"

푸른수염도 물러서지 않았다.

'내가 이 많은 무리를 어떻게?'

금빛머리는 푸른수염의 말대로 생각을 해 보기로 했다. 그런데 도저히 용기가 나지 않았다.

"금빛머리!"

눈치를 보던 장어유생들이 금빛머리에게 다가갔다.

"저리 가."

금빛머리는 너무 부담스러웠다. 아무리 생각해도 좋은 생각이 떠오르지 않았다.

"금빛머리, 제발!"

"저리 가라니까."

장어유생들은 어찌할 바를 몰랐다.

바다에 밤이 찾아왔다. 이동하기에 좋은 시간이었다.

"여기 있으면 우리 모두 사라질지도 몰라."

"뭐라고?"

무리 속에서 누가 용기를 내서 한 말이다.

금빛머리는 모두 사라질지도 모른다는 말에 놀라지 않을 수 없었다. 마음이 무거웠다.

'친구들이 사라지면? …… 나도?'

금빛머리는 소름이 돋았다.

'나는 왜 이렇게 태어났을까?'

금빛머리는 평범하지 못한 자신의 모습이 싫었다.

'실오라기 같은 내가 어떻게 이 많은 무리를?'

금빛머리는 자신이 보잘것없다고 생각했다. 몸에서 기운이 다 빠져나가는 것 같았다.

'방법이 없어, 방법이!'

금빛머리는 장어유생들을 보며 생각했다.

"금빛머리가 반짝거렸어. 무슨 생각을 하고 있나 봐."

장어유생들이 웅성거렸다.

"조용히 해. 시끄러워서 도저히 생각할 수가 없잖아."

"알았어, 알았어."

모두 숨을 죽였다.

금빛머리는 더 이상 장어유생들의 부탁을 거절할 수 없
었다.

'모두 살아남으려면 빨리 방법을 찾아야 돼.'

자신도 살아남기 위해선 장어유생들과 빨리 이곳을 떠

나야 한다고 생각했다. 그런데 아무리 생각을 해도 방법

이 쉽게 떠오르지 않았다.

　그때였다.

　"어?"

"왜 그래?"

"네 수염이?"

금빛머리가 푸른수염의 수염이 한쪽으로 쏠리는 것을 보았다. 꼭 더듬이처럼 무엇을 가리키는 것 같았다.

"푸른수염!"

금빛머리가 푸른수염을 다급하게 불렀다.

"왜?"

"네 수염이 어디를 가리키는 것 같아."

"뭐?"

푸른수염은 턱을 올리고, 눈을 아래로 내리깔았다. 수염 끝을 보려고 꼬리의 힘까지 끌어당겼다. 수염이 한쪽으로 쏠렸다.

"진짜네?"

"푸른수염, 너의 수염이 어디를 가리키는 게 분명해."

"그런 것 같아."

푸른수염은 한참 동안 수염의 움직임을 살폈다.

"흠! 흠! 무슨 냄새가 나는 것 같아."

수염이 움직이는 쪽에서 냄새가 난 것이다.

"자세히 맡아 봐."

"음, 엄마 냄새가 나는 것 같아!"

"진짜?"

금빛머리의 목소리가 떨렸다.

"어디, 어디?"

장어유생들이 푸른수염에게로 몰려들었다.

"그럼, 우리 엄마 냄새를 따라가 보자!"

"그래, 그렇게 하자."

모두 들떠 있었다.

"푸른수염, 너는 수염을 잘 살펴!"

금빛머리가 조심스럽게 말했다.

"난, 생각을 할게!"

"알았어."

금빛머리와 푸른수염은 서로를 의지했다.

"밤에는 그림자의 눈을 피해 얕은 바다로 이동하고, 낮에는 깊은 바다로 이동하자!"

금빛머리는 장어유생들에게 말했다.

"모두 함께 가자!"

"이야!"

모두 푸른수염의 수염이 가리키는 곳으로 따라갔다.

'이 무리를 잘 이끌어야 할 텐데.'

금빛머리는 마음속으로 다짐했다.

장어유생들은 힘차게 꼬리를 움직였다. 필리핀 민다나오 해역에서 점점 멀어지고 있었다.

난류를 찾아서

"너희들 어디로 가는 길이니?"

금빛머리가 꼬마물고기들에게 물었다.

"난류를 따라가면 살기 좋은 곳이 있대. 그래서 찾고

있는 중이야."

"난류?"

금빛머리는 솔깃했다.

"난류가 뭐니?"

궁금해진 금빛머리가 똑똑하게 생긴 물고기에게 물었다.

"물이 따뜻하고, 소금기가 많고, 그리고 남색 바다래."

"누가 그래?"

"우리 엄마가."

똑똑하게 생긴 물고기 뒤에 엄마 물고기가 웃고 있었다.

금빛머리는 처음 듣는 이야기라 상상이 되지 않았다.

"푸른수염, 너는 아니?"

"몰라."

"너희들은 아니?"

"우리도 몰라."

장어유생들은 고개를 저었다.

"따뜻하고……."

금빛머리는 말을 자꾸 되뇌었다.

"너희들은 어디로 가니?"

똑똑하게 생긴 물고기가 물었다.

"우리? 엄마 냄새를 따라 가는 중이야."

"엄마 냄새?"

"응!"

"엄마가 어디에 있는데?"

"몰라."

"왜 몰라?"

똑똑하게 생긴 물고기는 엄마를 쳐다보며 고개를 갸웃
거렸다.

"그럼 우리랑 같이 갈래?"

"아니!"

"그럼, 잘 가!"

"그래, 잘 가!"

똑똑하게 생긴 물고기는 엄마와 함께 떠났다.

금빛머리는 똑똑하게 생긴 물고기가 부러웠다.

모든 물고기들이 길을 쉽게 찾을 수 있다면 얼마나 좋을까. 그렇다면 누가 이 넓은 바다에서 헤매겠는가.

'우리도 똑똑하게 생긴 물고기를 따라갈 걸 그랬나?'

금빛머리는 잠시 그런 생각이 들었다.

'아니야, 우리는 엄마 냄새를 따라 가야 돼.'

금빛머리는 머리를 흔들었다.

어느새 금빛머리는 장어유생들을 이끌고 있었다.

'푸른수염이 잘 해내야 될 텐데.'

금빛머리의 마음에서 불안이 고개를 들었다.

'푸른수염!'

금빛머리는 자꾸 걱정이 되었다.

이 넓은 바다에서 길을 찾는 것은 모래밭에서 바늘을 찾는 것과 같았다. 금빛머리는 마음이 조급해졌다.

'그래, 뭉치자!'

금빛머리는 뭉치면 무엇이든 해낼 수 있을 것 같은 예

감이 들었다.

"흩어지지 말고 모두 뭉치자!"

금빛머리가 무리에게 말했다.

"알았어."

장어유생들은 다행히 금빛머리의 말을 잘 따랐다.

아직 실낱 같은 장어유생들이 큰 물고기가 숨만 쉬어도 금방 빨려 들어갈 것만 같았다.

"푸른수염, 수염의 움직임을 잘 살펴줘."

"알았어."

푸른수염은 수염에서 눈을 떼지 않았다.

"이쪽이야."

푸른수염이 앞장서며 말했다.

모두 그를 따라갔다.

"절대로 흩어지면 안 돼."

금빛머리가 무리들에게 타이르듯 말했다.

"넌, 안 된다는 말 밖에 할 줄 모르니?"

무리 중에서 이런 말이 툭 튀어나왔다.

"뭐라고?"

금빛머리가 버럭 화를 냈다.

"네가 참아."

푸른수염이 금빛머리를 달랬다.

금빛머리는 마음이 무거웠다.

'누굴까?'

알면 괜히 가는 길이 늦어질 것 같았다.

"나쁜 말은 귀에 담지 마."

푸른 수염이 금빛머리를 토닥거렸다.

"기분 나쁘잖아."

"그런데 시간 뺏기면 아무것도 할 수 없어."

푸른수염의 말이 맞았다.

'나쁜 말은 지나가는 바람이라고 생각해.'

금빛머리의 마음속에서 그런 소리가 들렸다.

'흔들리지 말고 집중해!'

마음의 소리를 따르기로 했다.

'그냥, 똑똑하게 생긴 물고기를 따라갈 걸 그랬나?'

금빛머리는 잠시 그런 생각이 들었다.

그런데 장어유생들의 몸이 바닷물에 눌리는 것 같았다.

"살이 오를 사이가 없어."

"몸이 자꾸 납작해지는 것 같아."

"그런 것 같아."

"나도."

장어유생들이 한 마디씩 거들었다.

"아!"

금빛머리는 장어유생들을 보는 것이 안타까웠다.

'가는 길이 늦어지지나 않을까?'

마음이 조여드는 것 같았다.

댓잎장어

어느덧 물살이 부드러워졌다. 장어유생들은 대만 해역을 지나고 있었다.

"조심해!"

바다 속에 그림자들이 수없이 많았다. 보리새우, 모란새우, 벚꽃새우들이 장어유생들을 기웃거렸다. 바다 위에도 그림자들이 날아다녔다.

장어유생들은 어찌할 바를 몰랐다. 꽃처럼 생긴 새우가

그림자라는 사실에 놀라지 않을 수 없었다.

"우리는 지금 이 바다를 지나가야 돼."

"……."

금빛머리의 말에 모두 할 말을 잃었다.

"푸른수염 다시……."

금빛머리가 서둘렀다.

"기웃, 기웃……."

그림자들이 자꾸만 장어유생들을 기웃거렸다.

장어유생들은 잠시라도 몸을 움직이지 않으면 그림자의 밥이 되기가 십상이었다. 그래서 쉬지 않고 몸을 움직일 수밖에 없었다.

"아휴~ 힘들어!"

고 작은 장어유생들이 민다나오 해역에서 여기까지 온 것만 해도 기적이었다.

"혼자서는 올 수 없었어."

"맞아. 네가 도와줘서 올 수 있었어!"

"우리를 도와줘서 고마워!"

"아니야, 너희들이 잘 따라 주었어!"

고마운 마음이 바다에 출렁거렸다.

바다는 여태 지나온 것보다 물살이 몇 배나 빨랐다.

"아직 갈 길이 멀어. 그러니까 마음을 놓으면 안 돼."

금빛머리가 긴장한 목소리로 말했다.

"휘릭."

그 말이 끝나기도 전에 그림자가 장어유생 몇 마리를 물고 갔다. 찰나였다.

"흑흑흑……!"

친구를 잃은 장어유생들이 슬퍼했다.

"슬퍼할 시간이 없어."

금빛머리는 차갑게 말했다.

"넌, 너무 냉정해."

장어유생들이 금빛머리에게 쏘아붙였다.

"지금 슬픈데 그럼, 언제 슬퍼해?"

까칠한 장어유생이 금빛머리에게 따졌다.

"언젠간 마음 놓고 슬퍼할 때가 오겠지."

금빛머리는 이런 말을 하는 자신이 정말 미웠다.

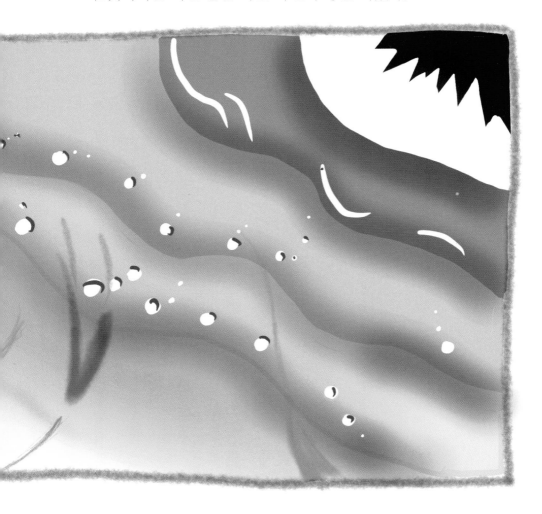

"그때도 지금처럼 슬픔이 똑같이 느껴질까?"

"⋯⋯."

금빛머리는 할 말이 없었다.

"넌, 진짜 머리만 있고 가슴은 없나 봐."

"그만해."

푸른수염은 싸움이 일어날까 봐 불안했다.

"넌, 빠져."

장어유생들은 푸른수염의 말을 들으려고 하지 않았다. 정말 싸움이 일어날 것 같았다. 더 이상의 희생을 줄이려고 한 말이 이렇게 커질 줄은 몰랐다.

"지금은 싸울 때가 아니야."

금빛머리가 소리쳤다.

그때였다.

"휙."

그림자가 또 장어유생 몇 마리를 물고 갔다.

"아!"

장어유생들은 그제야 입을 다물었다. 슬퍼할 시간이 없다고 한 금빛머리의 말이 이해되었던 것이다.

"미안해!"

몇몇 친구들이 금빛머리에게 사과를 했다.

"됐어."

금빛머리 말에 서운함이 묻어 있었다.

바다에서는 정말로 친구를 잃어도 슬퍼할 시간이 없었다.

"이게 뭐야?"

"우리가 잘 가고 있는 거야?"

무리에서 불만이 터져 나왔다.

금빛머리는 힘이 쭉 빠졌다.

'모두 애를 썼는데.'

금빛머리는 그동안의 수고가 물거품이 되는 것 같았다.

장어유생들의 숫자가 줄어들고 있었다.

'앞이 캄캄해!'

금빛머리는 더 이상 어떻게 해야 할지 몰랐다. 그렇다고 바다 한가운데에 있을 순 없었다.

"푸른수염, 다시……."

"알았어!"

푸른수염이 금빛머리의 뜻을 따라주었다.

"금빛머리, 네 몸이 납작해졌어?"

푸른수염이 눈을 동그랗게 뜨며 말했다.

"푸른수염, 너도?"

"어디?"

푸른수염의 몸도 댓잎처럼 납작해지고 있었다.

장어유생들은 너도나도 자신의 몸을 살피느라 바빴다.

힘든 시간을 지나오면서도 댓잎장어로 자라고 있었던

것이다. 고 작은 몸으로 살아남기 위해 얼마나 안간힘을 썼을까. 무리에서 벗어나지 않으려고 얼마나 애를 썼을까.

"히히히……."

그들은 댓잎장어로 변한 것을 기뻐하는 동안 친구를 잃은 슬픔을 잠시 잊고 있었다.

"저런."

금빛머리는 댓잎장어들의 마음이 댓잎처럼 가볍다고 생각했다.

"저기, 처음 보는 물고기들이 지나가고 있어."

"어디?"

바다에는 다른 물고기들도 있었다. 전에 만난 똑똑하게 생긴 물고기보다 몇 배나 더 컸다.

"와, 진짜 크다!"

댓잎장어들은 큰 물고기들을 보면서 입을 다물지 못

했다.

멸치 떼가 그림자 바다에서 머뭇거렸다.

오징어 떼도 그림자 바다에서 머뭇거렸다.

고등어 떼도 그림자 바다에서 머뭇거렸다.

모두 앞으로 나아가지 못했다.

"저, 바다가 우릴 삼켜버릴 것 같아."

댓잎장어보다 어마어마하게 큰 멸치, 오징어, 고등어
들이 머뭇거렸다.

댓잎장어들은 큰 물고기들이 머뭇거리는 것을 보고 무
서움이 몇 배나 더 크게 느껴졌다.

그림자 바다

초승달이 은은하게 댓잎장어들을 품어 주었다.

댓잎장어들은 그 빛을 받으며 달빛처럼 자랐다.

"끼룩, 끼룩……."

그림자들은 소리를 내며 날아다녔다.

'머리를 조심해!'

금빛머리는 푸른수염이 했던 말이 생각나 고개를 숙였

다.

'저, 그림자들은 여기에 길을 찾는 물고기가 많다는 것을 어떻게 알았을까?'

금빛머리는 저들도 살기 위해 바다에 부리를 꽂는다는 것을 몰랐다.

"모두 엎드려."

금빛머리가 소리쳤다.

"악!"

비명소리가 빛처럼 지나갔다.

그림자가 지나간 자리만큼 바다의 창이 열렸다. 열린 창만큼 댓잎장어들이 사라졌다.

금빛머리는 울고 싶었다.

'아!'

그런데 이상하게 처음 보는 바다 위의 세상에 놀라지 않을 수 없었다.

'파랗다!'

금빛머리는 잠시 본 파란 세상이 포근하게 느껴졌다.

'바다 속에서는 볼 수 없는 세상이야.'

기쁜 감정이 슬픈 감정을 밀어냈다. 자신의 감정이 잘 이해되지 않았다.

'나는 진짜 가슴이 없나?'

친구들이 자신에게 가슴이 없다고 한 말이 떠올랐다. 그 말이 맞을지도 모른다고 생각했다.

'저, 파란 세상에는 걱정이 없겠지?'

금빛머리는 갑자기 파란 세상에 가보고 싶었다.

"안 돼."

눈치 빠른 푸른수염이 목소리를 높였다.

"물고기는 물을 떠나서는 살 수 없대."

"누가?"

"어디서 들었어."

"거짓말."

58

"파란 세상에는 물이 없을 것 같아."

"파란 물이 있을 수도 있잖아."

파란 세상은 금빛머리의 마음에서 쉽게 떠나지 않았다.

"조심해!"

누구의 목소리인지 쩌렁쩌렁했다.

이번엔 그림자가 멸치 떼를 물고 갔다.

"흑흑흑……."

친구를 잃은 멸치 떼들이 슬퍼하고 있었다.

멸치 떼의 소동이 있은 후였다.

그림자가 또 다시 바다 속을 기웃거렸다.

"찌익!"

성질 급한 오징어가 그림자에게 먹물을 쏘았다.

"너무 캄캄해!"

한동안 앞을 볼 수 없었다. 그림자 바다는 오징어 한 마리가 먹물을 쏘았다고 해서 달라지지 않았다. 다만 먹물이 사라질 동안 달리 보일 뿐이었다.

"앞으로."

이번에는 고등어들이 수직으로 나아갔다.

"고등어는 푸른 갑옷을 입은 것 같아."

댓잎장어들이 소근거렸다.

그들은 등이 푸르다는 것을 자랑하듯 힘차게 나아갔다.

그때였다.

먹이를 놓친 그림자가 다시 바다에 부리를 꽂았다.

"악!"

비명소리에 바다가 금세 붉어졌다.

"끼룩~ 끼룩…….."

그림자들이 떼로 몰려와 고등어 떼를 공격했다.

수직관계는 수직관계를 고집했다. 수평관계는 수직관계를 뛰어넘을 수 없었다.

"기다리자."

고등어 무리는 다시 때를 기다렸다. 길을 열어준 친구들의 희생이 살아남은 고등어들에게 슬픔이 되었다.

바닷물이 점점 옅어지고 있었다.

"모두, 앞으로!"

고등어 떼는 붉은 물이 옅어지기 전에 다시 앞으로 나아갔다.

"아!"

금빛머리는 멸치 오징어 고등어의 살아가는 모습을 생생하게 보았다. 남의 희생으로 내가 산다는 것을 보여주는 것 같았다.

금빛머리는 중요한 것을 깨달았다.

'세상과 맞서 싸우는 물고기들이 슬프도록 아름다워!'

하지만 금빛머리는 용기가 나지 않았다.

"금빛머리, 힘내!"

푸른수염이 금빛머리에게 용기를 주었다.

"난, 저 물고기들처럼 씩씩하지 못해."

"그렇다고 여기에 주저앉을 순 없잖아."

"그건 그래!"

금빛머리는 푸른수염이 용기를 북돋을 때마다 힘이 나곤 했다.

푸른수염은 자신의 수염을 더 자세히 살폈다.

'여태까지 어려움을 많이 겪었다고 생각했는데.'

금빛머리는 앞으로 얼마나 많은 어려움이 닥칠지 두려웠다.

'또 어떤 어려움이 우리를 기다리고 있을까?'

금빛머리는 끝이 보이지 않는 것이 더 두려웠다. 그림자 바다에서는 강한 것들이 살아남았다.

"무서워!"

댓잎장어들이 떨고 있었다.

"떨지 마. 괜찮아질 거야!"

금빛머리가 댓잎장어들을 달래주었다.

"다시, 용기를 내자."

푸른수염도 댓잎장어들을 달래주었다.

"갈수록 더 무서워!"

댓잎장어들은 멸치 오징어 고등어들을 보고 나서 겁을
더 먹었다.

"이 바다만 지나면 좋은 일이 생길 거야!"

금빛머리가 해맑게 웃으며 말했다.

"그래, 다시 가보자."

금빛머리가 무리들에게 다짐처럼 말했다.

할아버지 거북이

"너희들 어디로 가는 길이니?"

어디선가 할아버지 거북이가 나타났다.

"엄마 냄새를 따라가는 길이에요."

금빛머리가 대답했다.

"왜?"

"엄마한테 세상 살아가는 방법을 배우고 싶어요."

금빛머리는 엄마하고 함께 다니던 똑똑하게 생긴 물고

기가 무척 부러웠었다.

할아버지 거북이는 금빛머리의 엄마에 대한 말을 하기가 조심스러웠다.

"나는 엄마가 계셔도 세상 살아가는 방법을 배우려 하지 않았어."

"왜요?"

"엄마 말을 잘 안 들었거든."

'엄마 말을 왜 안 들었을까?'

금빛머리가 그 생각을 하는데 머리가 반짝거렸다.

"그런데 네 머리가 반짝거리는구나!"

"그래서 애들이 금빛머리라고 불러요."

할아버지 거북이는 고개를 끄덕였다.

"할아버지는 여기서 뭘 하세요?"

"꿈을 모르는 물고기들에게 꿈을 안내하고 있단다."

"꿈을요?"

"그렇단다."

"꿈이 뭐예요?"

"설마, 꿈을 모르는 건 아니겠지?"

"네. 처음 들었어요."

"꿈은 하고 싶은 일이란다."

"하고 싶은 일요?"

"그렇단다."

"할아버지는 하고 싶은 일을 찾았나요?"

"한, 백 년쯤 지나고 나서야 찾았지."

"네에?"

금빛머리는 백 년의 시간이 얼마나 긴지 잘 이해되지

않았다.

"할아버지, 백 년이 얼마나 길어요?"

"너희들이 열 번쯤 태어나는 시간이랄까?"

금빛머리는 할 말을 잃었다.

"할아버지 연세가 어떻게 되세요?"

"안 세어 봐서 모른다."

금빛머리의 눈이 휘둥그레졌다.

"할아버지, 저는 지금 댓잎장어들과 엄마 냄새를 따라

가는 데 이것도 꿈이 될 수 있나요?"

"암, 되고말고."

금빛머리는 그 말을 듣는 순간, 가슴이 마구 뛰었다.

"푸른수염!"

"응?"

"너도 들었지?"

"응!"

"그나저나 너희들 여기까지 어떻게 왔니?"

할아버지 거북이가 금빛머리에게 물었다.

"푸른수염의 도움으로요."

"어떤 도움?"

"푸른수염의 수염은 엄마 냄새를 잘 따라가요."

"그 참, 신기하구나!"

"금빛머리가 좋은 생각을 했기 때문이에요."

"허허허, 너희들 참 좋은 친구로구나!"

할아버지 거북이가 칭찬해 주었다.

"해마다 이맘때면 댓잎장어들이 이곳을 지나간단다."

"그걸 어떻게 아세요?"

"나는 바다와 강을 오가며 장어들의 삶을 많이 보아왔단다."

금빛머리가 반짝거렸다.

'이 말을 해야 되나?'

할아버지 거북이가 잠시 망설였다.

"할아버지!"

눈치 빠른 금빛머리가 할아버지 거북이를 졸랐다.

"음, 너희 엄마도 만났었지."

"네에?"

할아버지 거북이는 침을 삼켰다.

"그리고 강에서 살았었지."

"그리고요?"

"음, 나중에 네가 크면 알게 될 게다."

할아버지 거북이는 말을 돌렸다.

"너희들도 강에서 한동안 살게 될 게다."

금빛머리는 할아버지 거북이의 말을 더 듣고 싶었다.

"장어들은 참 대단해. 고 작은 몸으로 그 먼 길을……."

금빛머리는 말을 이끌어내려고 틈을 보았다.

"난류를 타고 가면 갈대숲이 있단다."

할아버지 거북이의 둥그런 등에서 이야기가 자꾸 흘러나오는 것 같았다.

"할아버지, 이야기를 좀 더 해 주세요, 네?"

금빛머리가 할아버지 거북이를 졸랐다.

"엄마는 왜 우리 곁을 떠났을까요?"

"…… 그래서 너희들은 슬픈 물고기란다."

금빛머리는 슬픔이 온몸에 퍼지는 것 같았다. 세상이 공평하지 않다고 생각했다.

"내가 괜한 말을 한 것 같구나."

"아니에요."

금빛머리는 할아버지 거북이의 이야기를 들으면서 상상의 나래를 펼쳤다.

"우리는 왜, 엄마 얼굴을 못 보았을까요?"

"그건 신의 조화인 게지."

'신의 조화?'

금빛머리는 알 수 없는 표정을 지었다.

"할아버지, 우리 엄마는 어떻게 생겼어요?"

"네가 엄마가 되면 그때 엄마를 볼 수 있을 거다."

"제가 엄마가 된다고요?"

"그럼. 네 속에 이미 엄마의 모습이 있는 걸?"

"네에?"

금빛머리는 입을 다물지 못했다. 잠시 세상이 멈춘 것 같았다.

"나는 너희들 꿈 안내가 마지막이 될 것 같구나."

고요를 깬 건 할아버지 거북이었다.

"왜요?"

"눈이 침침해서 다니던 길도 더듬거릴 때가 많아."

금빛머리는 여태 일을 하시는 할아버지 거북이가 존경
스러웠다.

"할아버지, 갈대숲은 어땠어요?"

"참 아름다웠지!"

할아버지 거북이는 눈을 지그시 감고 갈대숲을 떠올리
는 것 같았다.

"무엇이 아름다웠어요?"

"햇살이 좋은 날은 갈대숲이 온통 노을빛으로 물들었
어."

"와!"

"바람이 부는 날은 갈대들이 사락사락 노래를 불렀지.
갈대들의 노래를 들으면 마음이 편안해진단다."

"우와!"

"해질 무렵엔 노을이 강에 내려와 춤을 추었어."

"갈대는 어떻게 생겼어요?"

"키가 크고 날씬하지."

"갈대들도 물속에서 사나요?"

"발은 물에 담그고, 머리는 하늘을 우러러보며 산단
다."

"하늘이 뭐예요?"

"물 위의 파란 세상이지."

'아, 멸치 떼가 열어 준 파란 세상이 하늘이었구나!'

금빛머리는 새로운 사실을 알게 되어 기뻤다.

"긴장을 늦추지 말고 따라오너라."

"네."

금빛머리와 무리들은 할아버지 거북이를 따라갔다.

달의 힘

"할아버지, 아직 멀었어요?"

금빛머리가 재촉했다.

"거의 다 와 간다."

할아버지 거북이가 주위를 살폈다.

"저기로 가면 북쪽으로 흐르는 난류를 만날 수가 있을

거다."

"물살이 저렇게 쌘대요?"

"집중하면 갈 수 있단다."

"네."

 금빛머리는 할아버지 거북이에게 공손하게 대답했다.

"너희들은 가는 동안 실장어로 변할 게다."

"실장어요?"

"그렇단다."

'우리는 끊임없이 변하는구나!'

금빛머리는 끊임없이 변하는 장어들이 신기했다.

"강 하구에서 뜰채가 너희들을 잡으려고 할 게다."

"그럼 우린 어떻게 해야 하나요?"

"불빛을 따라 가지 않으면 된다."

"불빛을요?"

"그 불빛은 너희들을 오라고 손짓하는 거야."

"무서워요!"

"바다로 돌아가는 장어의 수가 적은 이유도 거기에 있

단다.”

금빛머리는 그림자나 뜰채나 마찬가지란 생각이 들었다.

“할아버지는 모르는 게 없는 것 같아요.”

“오래 살다 보면 다 그렇게 된단다.”

보름달이 기울고 있었다.

“보름달은 바닷물을 끌어당기는 힘이 있어.”

“바닷물보다 힘이 세나 봐요?”

“세지. 그때는 물고기들이 숨을 죽이고 바위틈이나 모래바닥에 숨어버리지. 보름달이 힘을 풀면 초승달이 될 게다. 그때, 난류에 올라타거라. 난류는 지름길이니까.”

“네!”

“바다로 돌아갈 즈음에 몸빛이 변할 게다.”

"몸빛이요?"

"그렇단다."

"엄마가 될 준비를 하는 거지. 그리고 세상에서 가장 깊은 바다로 가게 될 거다."

"세상에서 가장 깊은 바다요?"

"그래."

금빛머리는 도저히 상상할 수가 없었다.

"무사히 잘 가거라!"

"네!"

할아버지 거북이는 헤어지면서 자꾸 뒤를 돌아보았다.

"할아버지!"

금빛머리가 할아버지 거북이를 간절하게 불렀다.

"어서 가거라."

"오래오래 사세요."

모두 합창을 하듯 말했다.

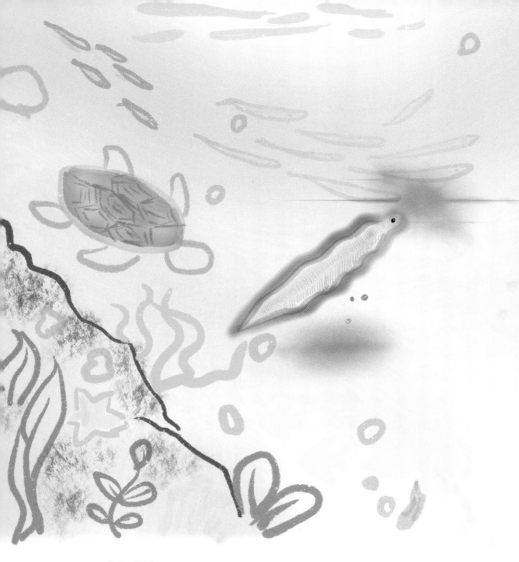

"오냐!"

서운했지만 어쩔 수 없었다.

금빛머리는 할아버지 거북이가 장어들의 삶에 대해 알

고 있는 것이 너무나 다행이라고 생각했다.

보름달이 떠오르고 있었다.

금빛머리는 할아버지가 가르쳐 준 곳으로 무리들을 이끌었다.

난류는 남색이었다. 참 따뜻했다. 냇물처럼 흘렀다. 아니, 강물이 흐르는 것 같기도 했다. 물의 흐름은 시간에 따라 달랐다. 공간에 따라 달랐다. 해가 떴을 때와 달이 떴을 때가 달랐다.

'저런 바다는 처음 봐!'

금빛머리의 입이 쩍 벌어졌다.

"너무 무서워!"

댓잎장어들이 떨고 있었다.

보름달이 점점 커지고 있었다.

난류가 더 빠르게 흘렀다. 여울을 만난 것처럼 빠르게 흘렀다.

바닷속에도 바람이 불었다. 바람은 대숲의 대나무를 마구 흔드는 것 같았다. 대나무를 흔들던 바람이, 수양버들

가지를 흔드는 것 같았다. 바람이 파래 낀 갯바위에서 미끄러지는 것 같았다.

바닷속에도 태풍이 부는 것 같았다. 바다에서 태어난 태풍의 눈은 몸을 키워 다이빙을 하는 것 같았다.

"엄마야~."

댓잎장어들은 놀라 얼어버린 것 같았다.

보름달이 환하게 뜰 때는 바다가 휘몰이장단을 치듯 아주 빠르게 흘렀다.

며칠 후였다.

토끼가 보름달을 야금야금 먹어버린 것 같았다.

그날 바다는 자진모리장단을 치듯 빠르게 흘렀다.

또 며칠이 지났다.

보름달을 토끼가 반이나 베어 먹었다. 반달이 되었을 때 바다는 중모리장단을 치듯 조금 빠르게 흘렀다.

'초승달이 뜨면 달이 힘을 푼다고 했어.'

금빛머리는 할아버지 거북이의 말을 기억하며 때를 기다렸다.

드디어 반달이 초승달로 변해가고 있었다.

바다는 진양조장단을 치듯 느리게 흘렀다.

금빛머리는 때를 놓치지 않으려고 애를 썼다. 만약 때를 놓치면 다시 보름달이 뜰 때까지 기다려야 했기 때문이었다.

"지금이야. 모두 난류에 올라타!"

금빛머리가 소리쳤다.

댓잎장어들은 일제히 난류에 올라탔다.

난류의 물결은 굴뚝의 연기 같았다. 촛불이 탈 때 피어오르는 검은 연기 같기도 했다.

댓잎장어들은 블랙홀에 빨려 들어가는 것 같았다. 그냥

흐르는 대로 몸을 맡길 수밖에 없었다.

얼마나 왔을까?

난류는 손금처럼 갈라져 흘렀다.

댓잎장어들이 갈림길에 닿았다. 이곳에서 각자 원하는 곳으로 가면 되었다.

'할아버지 거북이가 동쪽으로 가면 갈대숲이 있다고 했어.'

금빛머리는 댓잎장어들과 갈대숲으로 가고 싶었다.

"난, 북쪽으로 갈 거야."

전에 금빛머리에게 투덜거렸던 친구가 냉정하게 말했다.

"나도 갈래."

"나도."

어떤 길로 가든지 자유였다. 무리 중 몇몇은 그를 따라

나섰다.

"할아버지 거북이가 갈대숲으로 갈 거라고 했잖아!"

금빛머리가 말했다.

"나는 갈대숲으로 갈 거야."

푸른수염은 금빛머리가 가는 곳을 택했다.

"푸른수염, 네가 가고 싶은 곳으로 가도 돼."

금빛머리는 푸른수염이 후회하지 않게 해주고 싶었다.

"아니야, 나는 너와 함께 갈 거야."

"그래, 함께 가자."

금빛머리는 푸른수염의 뜻을 받아들였다.

"잘 가!"

"다음에 또 만나자!"

서로 아쉬워하며 갈림길에서 헤어졌다.

실장어

대륙붕이 코앞이었다.

"잠시, 쉬었다 가자."

모두 지쳐있었다.

"쉬면서 주위를 살펴."

댓잎장어들은 대륙붕까지 오는 데 시간이 많이 걸렸다.

할아버지 거북이를 만나지 않았더라면 더 오래 걸렸을 지

도 모른다. 허허로운 바다에서 그나마 뭉쳤기 때문에 여

기까지 올 수 있었다.

금빛머리는 북쪽으로 간 무리들이 못내 아쉬웠다.

'그의 말에 귀 기울일 걸!'

금빛머리는 그 일로 인해 친구가 그냥 얻어지는 것이 아니라는 것을 알게 되었다.

강으로 가는 길은 멀었다.

"우와, 네 몸이 통통해지고 있어!"

"너도 그래."

댓잎장어들은 난류를 타고 오는 동안 몸이 통통해지고 있었다. 그동안 바닷물의 수압 때문에 몸이 납작해진 것이다. 지금은 수압이 낮아져 살이 오르는 중이다. 할아버지 거북이의 말씀처럼 댓잎장어가 실장어로 변하고 있었다.

"이제 좀 살 것 같아."

금빛머리도 살이 오르고 있었다.

"휴우!"

금빛머리와 푸른수염이 숨을 크게 쉬었다.

'할아버지 거북이의 도움이 없었더라면?'

금빛머리는 할아버지 거북이의 고마움을 잊을 수가 없었다.

"저기가 갈대숲으로 가는 길목인가 봐."

"자, 모두 기운을 차리자."

할아버지 거북이가 말한 하굿둑이 보였다.

"우와!"

실장어들이 소리를 질렀다.

금빛머리는 갈대숲에 금방 오를 것만 같았다.

드디어 하굿둑에 닿았다. 그런데 하굿둑은 바다에 비해 너무 좁고 높았다. 물은 바닷물과 민물이 섞여 밍밍했다.

94

금빛머리는 겁이 덜컥 났다.

"어떻게 오르지?"

실장어들이 겁을 먹고 있었다.

"너희들은 여기서 민물을 적응하고 있어."

"넌?"

"할아버지 거북이가 뜰채를 조심하라고 했잖아."

"그래서?"

"내가 주위를 살펴볼게."

금빛머리의 목소리에 긴장감이 맴돌았다.

"알았어."

하굿둑이 가로막고 있었다. 그 둑을 실장어들은 뛰어넘을 수 없었다.

뿐만 아니었다. 하굿둑 위에 그림자가 부리를 세우고 서 있었다. 흑로였다.

"무서워!"

금방이라도 낚아챌 기세였다.

'저 높은 곳을 어떻게 오르지?'

금빛머리는 어쩌면 넘지 못할 것 같은 느낌이 들었다. 그것은 실장어들의 생명선이나 다름없었다.

금빛머리가 반짝거렸다.

'아, 어지러워!'

금빛머리는 머리가 아팠다.

"어어, 몸이 뜨는 것 같아."

실장어들은 민물에 적응하는 동안 몸이 뜨는 것을 느꼈다.

때마침 밀물이 들어오고 있었다.

'이곳만 지나면!'

엄마를 만날 수 있을 것 같았다.

'만약, 이곳을 지나가지 못하면?'

금빛머리는 머리를 흔들어 그런 생각을 털어버렸다.

점점 어두워지고 있었다.

강가로 불빛이 하나 둘 모여들었다. 강 양쪽에 뜰채들이 바쁘게 움직였다.

'머리 위에는 흑로가 노리고.'

모두 길을 막고 있었다.

'그렇다면? 그렇다면?'

좋은 생각이 잘 떠오르지 않았다.

'그렇다면, 음~.'

금빛머리가 반짝거렸다.

'강 가운데로 가면 뜰채는 피할 수 있겠지만, 그럼 흑로는?'

금빛머리는 별이 된 친구들이 떠올랐다.

'더 이상 잃을 수 없어!'

실장어들 목숨은 금빛머리의 생각에 달려있었다.

'저, 흑로를 어떻게 따돌리지?'

금빛머리는 흑로에게서 눈을 뗄 수 없었다.

'음!'

방법이 쉽게 떠오르지 않았다.

"콕콕콕……."

흑로는 긴 부리를 찍으며 먹는 시늉을 했다.

'으으!'

실장어들은 죽을힘을 다해 여기까지 왔는데, 흑로의 한 입 거리가 된다면 너무 억울할 것 같았다.

졸음이 밀려왔다.

"참자, 조금만."

지친 실장어들도 잠과 싸우느라 정신을 차리지 못했다.

"몸이 붕붕 떠다녀."

실장어들이 잠꼬대를 하고 있었다.

"정신 차려."

다급한 목소리가 실장어들을 깨웠다.

다행인 것은 졸면서도 공처럼 뭉쳐있었다.

큰 접시만 한 뜰채가 실장어들을 기웃거렸다.

"조심해!"

실장어들은 다행히 뜰채를 피해 다녔다.

"앗!"

결국 뜰채가 실장어 몇 마리를 떠갔다.

"왜 하필 이때 졸음이 쏟아지는 걸까?"

"우리가 여태 잠을 제대로 자 본 적이 없어서 그럴 거야."

푸른수염도 잠을 쫓고 있었다.

금빛머리는 뜰채가 데리고 간 친구들 때문에 더 긴장되었다.

"강 가운데로 가면 살 수 있을 거야."

금빛머리는 끊임없이 길을 찾고 있었다.

"정말?"

"뜰채를 피할 수 있을 것 같기도 해."

"흑로는?"

"흑로는 내가 따돌려 볼게."

금빛머리는 자신이 흑로를 따돌려 보겠다고 했다.

"넌, 안 돼."

"왜?"

"너의 머리가 흑로 눈에 잘 띄기 때문이야."

"그래도 누군가는 해야 돼."

"내가 할게."

"안 돼."

"너는 되고, 나는 왜 안 돼?"

푸른수염이 금빛머리에게 따지듯 말했다.

"그렇게 치면 너도 수염이 위험하잖아."

"내 수염은 물속에 잠겨 있지만, 네 머리는 하늘을 향

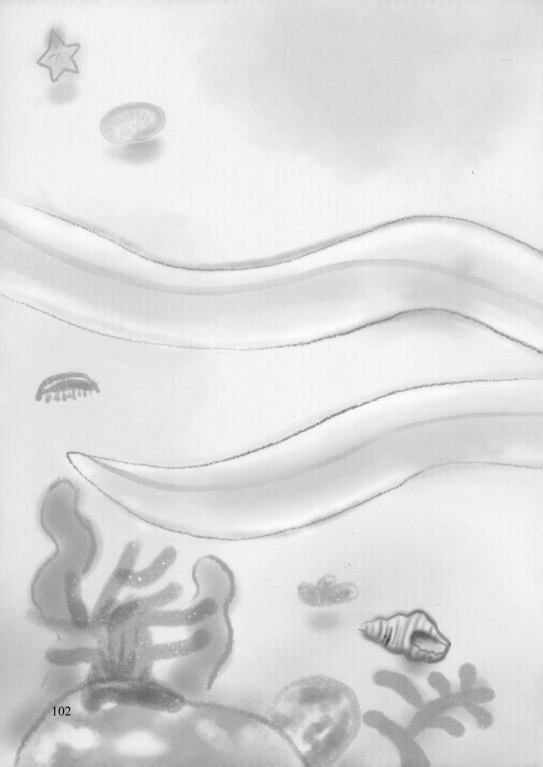

해 있잖아.”

“그래도 안 돼.”

“금빛머리.”

여태 한 번도 화를 내본 적이 없었던 푸른수염이 얼굴을 붉혔다.

“안 된다면 안 되는 줄 알아.”

푸른수염은 더 이상 고집을 부리지 않았다.

둘 사이에 거리가 생긴 것 같았다.

“내가 신호를 보낼 때 그때 모두 강 가운데로 올라가.”

“알았어.”

푸른수염은 대답하지 않았다.

사라진 푸른수염

금빛머리가 여느 때보다 반짝거렸다.

푸른수염은 금빛머리에게서 눈을 떼지 못했다.

"자, 지금이다-."

드디어 금빛머리가 신호를 보냈다

실장어들이 일제히 춤을 추듯 강 가운데로 올라갔다.

흑로가 잽싸게 날아왔다.

금빛머리가 재빨리 흑로에게로 다가갔다.

"안 돼."

푸른수염이 소리쳤다.

"휙."

흑로가 금빛머리를 낚아챘다.

"악!"

금빛머리는 자신을 밀치는 힘을 느꼈다.

"악!"

또 다른 비명소리가 들렸다.

금빛머리의 오른쪽 눈이 흑노의 발톱에 찔리고 말았다. 한참을 물속에 꼬꾸라져 있었다.

그 사이 한 무리의 실장어들이 쏜살같이 강을 거슬러 올라갔다.

"푸른수염!"

정신을 차린 금빛머리가 오른쪽 눈을 찡그리며 푸른수염을 찾았다.

"아까 널 밀치던데?"

금빛머리와 가장 가까이에 있던 실장어가 말했다.

"뭐라고?"

금빛머리는 푸른수염이 흑로를 맡겠다고 했던 말이 떠올랐다.

'그럼. 그 비명소리가?'

금빛머리는 갑자기 눈앞이 캄캄해졌다. 몸에서 기운이 다 빠져나가는 것 같았다. 장어로 태어난 것이 너무나 원망스러웠다.

"위험해."

흑로가 다시 금빛머리 쪽으로 날아오고 있었다.

"풍덩!"

금빛머리는 강물 속으로 얼른 숨었다.

흑로는 금빛머리를 놓친 것이 화가 났는지 부리를 마구 휘둘렀다.

"아악!"

실장어 몇 마리가 흑로의 부리 속으로 들어갔다.

"빨리 올라가!"

금빛머리가 외쳤다.

실장어들은 바람처럼 강을 거슬러 올라갔다.

'강도 위험하긴 마찬가지구나.'

금빛머리의 가슴에 푸른수염을 잃은 슬픔이 가시처럼
박혔다.

밀물이 밀려오고 있었다.

"에잇."

밀물 때문에 발 디딜 곳을 찾지 못한 흑노가 멀리 날아가 버렸다.

오른쪽 눈을 잃은 금빛머리는 실장어들의 뒤를 따라갔다.

'푸른수염 넌, 어디에 있니?'

금빛머리의 마음이 강바닥을 헤매고 있었다. 강을 오르는 내내 푸른수염을 생각하느라 머리가 반짝거렸다. 금빛머리는 푸른수염과 영원할 줄 알았다.

'푸른수염!'

세상을 다 잃은 것만 같았다.

'정신을 차려야 돼. 이젠 아무도 나를 도와줄 친구가 없어.'

금빛머리는 정신을 차리려고 애를 썼다.

'갈대숲이 낯설지 않아!'

금빛머리가 갈대숲을 둘러보았다. 갈대들이 발을 강물에 담그고 하늘을 올려다보았다.

'할아버지 거북이가 이야기해준 대로야.'

갈대숲 사이로 비치는 저녁노을이 금빛머리를 찡하게 했다.

'함께 봤으면……!'

금빛머리는 아름답게 물든 노을을 함께 보지 못한 것이 못내 아쉬웠다.

푸른수염은 금빛머리를 여기까지 이끌어 준 친구였다.

'앞으로 혼자 어떻게 살아가지?'

금빛머리는 푸른수염과 낮에는 깊은 바다(563~885m)에서 이동했고, 밤에는 얕은 바다(182~411m)에서 무리를 이끌었다.

그런데 지금은 혼자가 되었다. 앞으로 살아갈 일이 막막했다. 몸이 물먹은 솜처럼 무거웠다.

푸른수염이 사라진 지 벌써 몇 년이 지났다.

금빛머리는 갈대숲에서 아무런 의미 없이 하루하루를 보냈다. 가끔 푸른수염이 보고 싶을 땐 낙동강 하굿둑 쪽에 다녀오곤 했었다.

금빛머리는 오늘도 푸른수염을 생각하며 낙동강을 내려갔다.

빗물에 흙이 쓸려 내려와 밭을 이룬 곳도 있었다. 밭에는 채소들이 나풀나풀 춤을 추고 있었다.

금빛머리는 푸른수염을 잃은 슬픔 때문에 주변 풍경이 눈에 들어오지 않았다. 시간이 지나면서 주변 풍경이 조금씩 눈에 들어왔다. 아름다운 풍경이었다.

'이쯤이었어.'

금빛머리는 눈을 감았다.

'넌, 나의 둘도 없는 친구였어!'

금빛머리의 눈이 촉촉해졌다.

'영원히 널 잊지 않을게!'

가슴이 먹먹했다.

'이럴 줄 알았으면 그때 화를 내지 말걸.'

가슴이 조여 왔다.

'네가 도와줬기 때문에 여기까지 올 수 있었는데.'

금빛머리는 생각하면 할수록 푸른수염과 함께 했던 시간들이 그리웠다.

'먼바다에서 같이 한 푸른수염. 마음이 잘 맞았던 푸른수염. 그리움이 되어버린 푸른수염⋯⋯.'

금빛머리는 자꾸 되뇌었다.

'이제 보내 줄게!'

금빛머리는 푸른수염을 보내주기로 마음먹었다.

"안녕! 흑흑흑······."

금빛머리가 서럽게 울었다.

갈대들도 사그락사그락 같이 울어주었다.

해가 서산으로 넘어가고 있었다.

금빛머리는 갈대숲에서 노을을 보면서 엄마를 떠올리
고 있었다.

'내가 크면 엄마의 모습이 보일 거라고 했어.'

할아버지 거북이의 말씀을 떠올리며 자신의 모습을 물
위에 비춰보았다.

'엄마!'

금빛머리가 넋을 놓고 그리움에 젖어있을 때였다.

어디서 비릿한 냄새가 솔솔 풍겼다.

"쩝쩝!"

무심코 비린내 나는 것을 물려고 했다.

"위험해!"

누군가 금빛머리를 갈대숲으로 밀었다.

"아깝다, 아까워!"

낚시꾼들의 말에 금빛머리는 소름이 끼쳤다.

'누가 나를 밀었을까?'

금빛머리는 아픈 표정을 지으며 주위를 둘러보았다.

은빛장어

갈대숲에 누가 있었다.

금빛머리는 눈앞에 펼쳐진 모습에 놀라지 않을 수 없었다. 은빛장어가 달빛 옷을 입고 있는 것 같았다.

"괜찮니?"

은빛장어가 금빛머리에게로 다가오면서 물었다.

"괜찮아. 구해줘서 고마워!"

금빛머리는 은빛장어에게 공손히 말했다.

"넌, 내 생명의 은인이야."

"은인은 무슨. 장어들 뒤에는 항상 그림자가 따라 다니니까 조심해."

금빛머리는 그림자란 말에 놀라지 않을 수 없었다.

"너도 그림자를 아니?"

"알지. 나도 네가 이끈 무리에 있었으니까."

"정말?"

"그때 강을 거슬러 올라올 때 네가 눈을 다쳤잖아. 푸른수염는 너를 구하려다가……."

은빛장어는 금빛머리에 대해 아주 잘 알고 있었다.

금빛머리는 갈대숲에서 살면서 그림자의 눈에 띄지 않으려고 애를 썼다.

그런데 하마터면 그림자의 밥이 될 뻔했다. 장어의 삶이 외줄타기 같았다.

'은빛장어에게 그림자는 무엇이었을까?'

금빛머리는 은빛장어가 궁금했다.

"은빛장어!"

"응?"

"너의 몸이 왜 은빛으로 변했는지 물어봐도 되겠니?"

은빛장어는 쉽게 입을 열지 못했다.

"말하고 싶지 않으면 안 해도 돼."

은빛장어는 한참 동안 눈을 감고 있었다.

'내가 괜한 걸 물었나?'

"꼴깍."

은빛장어가 침을 삼켰다.

"우리는 갈대숲을 지나 댐으로 갔어. 그곳에 가면 그림

자를 피할 수 있다고 했지."

"누가?"

"고집쟁이 장어가."

은빛장어는 자꾸 침을 삼켰다.

120

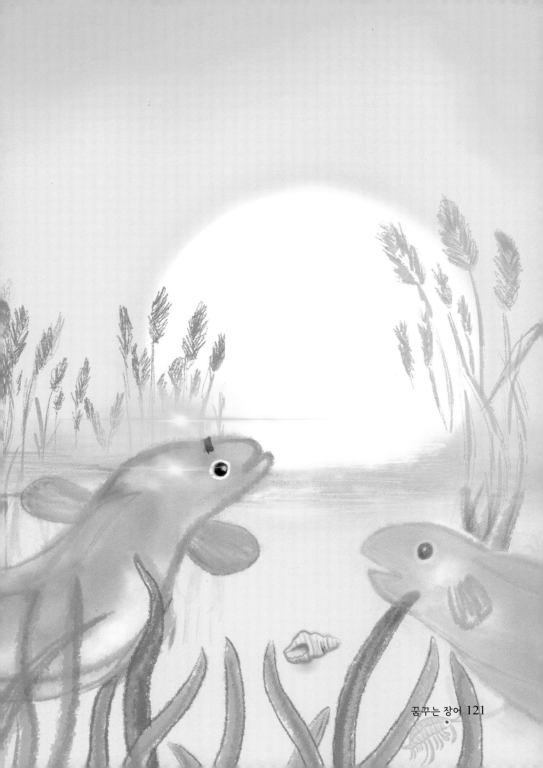

"우리는 댐에 갇히는 신세가 되었어. 난, 바다 가까운 곳에서 살고 싶다고 했어. 고집쟁이 장어는 내 말을 듣지 않았어. 가뭄 때문에 녹색물감을 풀어놓은 것 같았어."

"녹색물감?"

"댐을 조사하러 온 사람들이 그걸 녹조라고 하면서 모두 살아남기 어려울 거라고 했어."

은빛장어는 그 말을 해 놓고 갈대 뿌리에 머리를 박았다.

"고집쟁이 장어의 고집이 문제였어."

은빛장어가 다시 목소리를 가다듬었다.

금빛머리는 마음이 찔렸다. 무리에서 비아냥거리는 소리를 들었었다.

'그때, 좀 더 귀 기울일 걸!'

금빛머리는 지금 생각해 보면 그 말이 비아냥거림이 아

니었을 수도 있겠다 싶었다.

"결국, 우리는 녹조 때문에 병이 들었어."

"그런데 넌 어떻게 살았니?"

"다행히 비가 왔어. 내 몸에서 바다 냄새가 희미해져 가고 있었지. 장어는 바다 냄새를 잃으면 눈이 빨리 멀어진다고 했어."

"누가?"

"눈면 장어가. 눈이 멀면 바다에 돌아갈 수 없다고 했어."

금빛머리가 고개를 끄덕였다.

"다행히 비가 와서 댐의 물이 넘쳤어. 나는 안간힘을 다해 빠져나왔지."

"천만다행이야."

"댐은 나의 그림자였어."

이야기를 마친 은빛장어의 얼굴이 가벼워 보였다.

금빛머리는 바다로 돌아가는 장어들의 수가 적다는 할아버지 거북이의 말씀이 이제야 이해가 되는 것 같았다.

"너한테선 아직 바다 냄새가 나!"

'가끔 푸른수염을 생각하러 하굿둑에 다녀와서 그런가?'

금빛머리는 그럴 것이라고 생각했다.

"장어가 장어답게 살지 못했던 것이 부끄러워!"

"그래도 살아남았잖아."

금빛머리가 은빛장어를 위로했다.

어느덧 해가 넘어가고 있었다.

금빛머리도 그동안 있었던 일을 풀어놓았다.

"저런!"

어깨가 몇 번이나 들썩거렸다.

"그랬었구나!"

금빛머리도 마음이 가벼워졌다.

노을이 강물 위에 내려와 너울거렸다.

금빛머리는 푸른수염과 같이 보려고 했던 노을을 은빛장어와 보고 있었다. 오늘따라 노을이 묘하게 보였다.

며칠 전부터 금빛머리의 몸빛이 은빛장어처럼 변해가고 있었다.

"은빛장어, 내 몸이 이상해!"

금빛머리가 놀란 표정을 지으며 말했다.

"난, 녹조 때문에 그렇다지만, 넌 왜 그럴까?"

은빛장어도 까닭을 몰랐다.

'무엇을 잘못 먹었나?'

금빛머리는 그 이유를 알 수 없었다.

'왜 그럴까?'

걱정이 되었다.

'병이 든 건 아니겠지?'

금빛머리는 갈대처럼 하늘을 우러러 보았다.

'밤하늘에 별들은 왜 저렇게 많지?'

금빛머리는 갈대숲에 앉아 하늘을 올려다보는 것을 좋아했다. 그동안 수많은 별들만큼 많은 일들이 있었다.

마침, 밤잠을 설친 어린 거북이 한 마리가 금빛머리의 꼬리를 건드렸다.

"아!"

금빛머리는 문득 할아버지 거북이의 말씀이 떠올랐다.

"왜 그래?"

"까맣게 잊고 있었어!"

"뭘?"

"몸빛이 변하면 엄마가 될 준비를 하는 것이라고 했어!"

"누가?"

금빛머리는 할아버지 거북이에게서 들은 말들을 은빛

장어에게 해 주었다.

"그럼, 엄마가 되기 위해선 우리가 태어난 바다로 가라

고 몸이 말을 하는 건가?"

"그런 것 같아!"

"참 신기하다!"

"빨리, 바다로 가자!"

"은빛장어, 우리 바다로 가서 같이 엄마가 되자."

"그래!"

금빛머리와 은빛장어는 마음이 바빠졌다.

그렇다. 장어는 강에서 살 때는 모두 수놈으로 살다가,

바다로 가면 모두 암놈으로 변하는 물고기이다.

"금빛머리 빨리 와!"

금빛머리는 은빛장어를 따라 하굿둑으로 내려갔다. 갈

대숲으로 올라 올 때 무리를 이끌던 모습은 어디에도 없

었다. 한 쪽 눈을 잃고 나서 도움을 받는 것이 부끄럽지 않다는 것도 알게 되었다.

하굿둑 부근에서 금빛머리가 잠시 멈추었다.

'푸른수염, 잘 있어!'

금빛머리는 푸른수염과 작별을 하고 있었다. 하굿둑까지 그 머나먼 여정을 함께했던 친구였다. 이제 바다로 가면 영영 이곳에 올 수 없을 것이다.

은빛장어는 바닷물에 적응하며 말없이 기다려 주었다.

보름달이 지나가고 있었다.

'강에 오를 땐 피라미였어. 하지만…….'

금빛머리는 그동안 얼마나 많은 변화가 있었는지 생각해 보았다.

"이제 가자!"

금빛머리가 은빛장어에게 말했다.

밤하늘에 별들이 유난히 반짝거렸다.

'고작은 몸으로 어떻게 이 먼 길을 왔을까?'

금빛머리는 장어유생 때부터 갈대숲에 오를 때까지 무려 3천 킬로미터가 넘는 거리를 헤엄쳐 왔다.

이제 왔던 길의 반대 방향으로 돌아가야 한다. 실장어로 변했던 반대 방향의 바다, 댓잎장어로 변했던 반대 방향의 바다로 가야하는 것이다.

'바다!'

금빛머리는 생각만 해도 마음이 펑 뚫리는 것 같았다.

꿈꾸는 장어

얼마쯤 갔을까? 남쪽으로 흐르는 한류가 보였다.

"금빛머리, 물이 점점 차가워지고 있어!"

"그래, 너무 차가워!"

금빛머리와 은빛장어는 그 물에 적응할 시간이 필요했다.

한류 부근에는 명태, 대구, 청어들이 모여들었다. 모두 차가운 물을 좋아하는 물고기들이었다.

흩어졌던 장어들도 한류로 모여들었다.

"안녕!"

북쪽으로 갔던 장어들도 돌아오고 있었다.

"그동안 잘 지냈니?"

북쪽으로 갔던 친구가 먼저 금빛머리에게 인사를 했다. 고생을 했는지 얼굴이 핼쑥해져 있었다. 먼저 인사를 하는 걸 보니 마음이 부드러워진 것 같았다.

금빛머리는 서운했던 마음은 사라지고 가엽다는 생각이 들었다.

"우리 함께 가자!"

금빛머리가 그 친구에게 다정하게 말했다.

"그래!"

장어들은 갈대숲으로 갈 때보다 바다로 가는 거리가 가까운 것 같았다. 장어유생일 때 필리핀 민다나오 해역에서 갈대숲까지를 뼘에 비유한 거리가 중지까지라면,

갈대숲에서 마리아나 해구까지 거리가 겁지까지라고 할
수 있다.

한류에도 그림자들이 날아다녔다. 난류에서처럼 물고
기들이 몰려드는 것을 어떻게 알았을까?

명태, 대구, 청어들이 자꾸 사라졌다.

그림자들이 장어 무리 쪽으로 몰려왔다. 장어 한 마리
를 물고 갔다. 장어유생 때는 몇 마리씩 물고 갔지만, 이
제는 한 마리 이상 물고가지 못한다. 그만큼 컸기 때문이
었다.

그림자가 다시 금빛머리를 노렸다.

"금빛머리, 조심해!"

은빛장어가 소리쳤다.

금빛머리는 한쪽 눈이 보이지 않기 때문에 감각이 둔했
다. 그것을 안 은빛장어가 금빛머리의 꼬리를 내리쳤다.

“휘익!”

“악!”

기절한 금빛머리는 깊은 바다로 내려갔다.

“도망가자.”

놀란 장어들이 사방으로 흩어졌다.

“은빛장어!”

금빛머리가 정신을 차렸을 때 은빛장어는 없었다. 여기저기 찾아다녀 보았지만 어디에도 없었다.

금빛머리는 세상에서 혼자인 것 같았다. 푸른수염을 잃었을 때보다 더 두려웠다.

“금빛머리, 정신 차려.”

장어 무리들이 다시 뭉쳤다.

‘바다에 가서 같이 엄마가 되자고 했는데.’

금빛머리는 한류를 지나오는 동안 은빛장어를 생각하고 있었다.

장어 무리들은 대만 해역을 지나왔다. 조금만 더 가면 필리핀 바다 마리아나 해구에 닿을 것이다.

장어들은 마음이 부풀어 올랐다.

하지만 금빛머리는 기운이 하나도 없었다.

드디어 장어 무리들은 마리아나 해구에 닿았다.

그런데 그 바다 속 물고기들은 모두 이상했다. 아기 코끼리 덤보처럼 생긴 문어, 머리에서 빛이 나는 초롱아귀, 어두운 바다 속에서 살아남기 위해 빛을 내는 물고기들이 있었다. 모두 정상이 아닌 것 같았다.

금빛머리는 무리들의 도움으로 세상에서 가장 깊은 바다로 올 수 있었다.

'참 좋은 친구였는데!'

금빛머리는 은빛장어를 잊을 수가 없었다. 만약 은빛장어를 만나지 못했더라면 아직 강에 있었을지도 모른다.

'이제부턴 혼자 헤쳐 나가야 돼.'

금빛머리는 마음이 조금 편해졌다.

'나도 엄마가 되고 싶어!'

금빛머리는 문득 엄마가 되고 싶은 생각이 들었다.

'나중에 엄마 모습이 보일 거라고 했어!'

할아버지 거북이의 말이 떠올랐다.

함께 온 장어들이 쉴 만한 곳을 찾느라 분주했다.

금빛머리도 피곤한 몸을 누이고 싶었다. 다행히 바위틈
을 찾아 들었다. 한류를 지나오는 동안 몸이 완전히 은빛
으로 변했다. 그것은 엄마가 될 준비가 되었다는 신호였
다. 지금은 엄마가 되는 단꿈을 꾸어야 할 시간이다.

금빛머리는 세상에서 가장 깊은 바다에서 엄마가 되는
꿈을 꾸고 있었다.

필리핀 민다나오 해역에 산란을 앞둔 장어들이 모여들

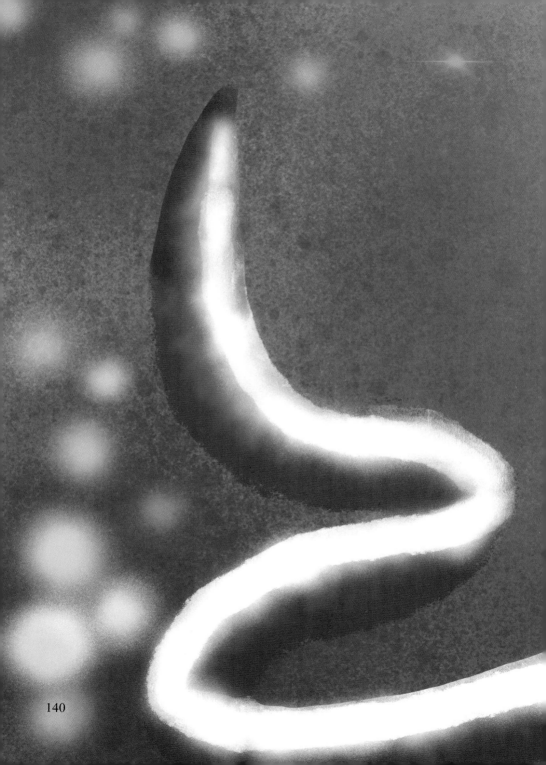

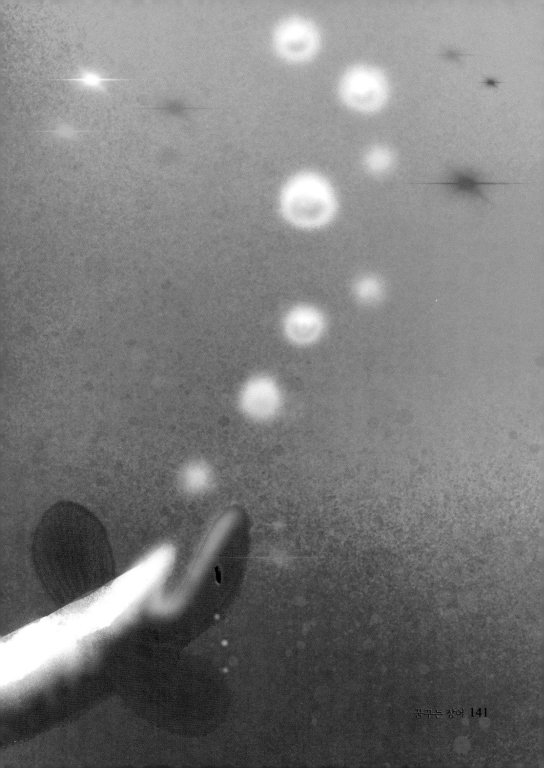

었다.

장어는 신비한 물고기이다. 조물주는 장어를 강에서는 수컷으로 살게 하고, 바다에서는 암컷으로 살게 만들었다. 그리고 강으로 갔다가, 다시 바다로 온 장어에게만 엄마가 될 수 있는 자격을 주었다.

금빛머리의 배가 점점 불러오고 있었다.

'혹시, 뱃속에 있는 것이 내 꿈일까?'

뭉클했다. 그 생각이 금빛머리의 마음에서 떠나지 않았다.

어느 날이었다.

금빛머리의 얼굴이 노랗게 변했다.

"아!"

금빛머리는 배가 아팠다. 알을 낳을 것 같은 예감이 들었다.

'무서워!'

금빛머리는 혼자 알을 낳아야 한다. 지금은 오롯이 혼자만 알을 낳아야 하는 것이다.

금빛머리는 하늘을 보면 고통이 날아갈 것 같았다. 깊은 바다에서 하늘을 본다는 것은 누가 바다 창문을 열어 주지 않고서는 볼 수 없는 일이다. 예전에 처음 파란 세상을 보았던 기억을 떠올려 보았다.

"아, 생각만 해도 숨이 쉬어져!"

금빛머리는 그때 친구를 잃고 슬펐지만, 파란 세상을 보고 기뻤었다. 슬픔과 기쁨을 한꺼번에 경험한 것이다. 이제 금빛머리는 온 힘을 다해 세상 엄마들이 겪는 고통을 겪고 있었다.

"몽글 몽글 몽글……."

드디어 금빛머리는 진통을 겪고 많은 알을 낳았다. 알들 중에는 금빛머리를 닮은 장어유생도 있었다.

'나도 처음엔 이런 모습이었겠지?'

금빛머리는 이 모습을 보려고 그 멀고 험한 바닷길을 다녀왔다.

'엄마도 나를 이렇게 낳았겠지?'

금빛머리는 말로 표현할 수 없는 감정이 몰려왔다.

'내가 엄마가 되었어!'

금빛머리는 엄마가 되었다는 사실이 믿어지지 않았다.

그때였다.

"저리 가!"

배고픈 물고기들이 떼로 몰려왔다.

금빛머리는 자신이 낳은 알들을 지키기 위해 안간힘을 썼다. 아무리 쫓아내도 소용이 없었다.

'저리 가라니까!'

금빛머리는 더 이상 목소리가 나오지 않았다. 그저 눈물만 뚝, 뚝, 흘리고 있었다.

물방울이 하늘로 올라가고 있었다.

밤하늘에 별들이 보석처럼 빛났다.

반짝!

별 하나가 금빛머리를 마중 나오고 있었다.

꿈꾸는 장어

초판 1쇄 발행 · 2024년 12월 16일

지은이 · 남   순
그린이 · 임지연
펴낸이 · 박옥주

펴낸곳 · 아동문예
등록일 · 1987년 12월 26일
주   소 · (우)01446 서울특별시 도봉구 도봉로 109길 78
전   화 · 02-995-0071~3, 02-995-1177
팩   스 · 02-904-0071
이메일 · adongmun@naver.com/ joo415@hanmail.net
홈페이지 · www.adongmun.co.kr
편집디자인 · 아동문예

ISBN 979-11-5913-449-4 73810

가격 13,000원

＊이 책은 2024년 🅱 부산광역시, 부산문화재단 〈부산문화예술지원사업〉 우수예술지원 선정작입니다.